LE RIDEAU LEVÉ

SUR

LES MYSTÈRES DE PARIS,

PUBLIÉ

PAR ADOLPHE DE LIANCOURT.

I.

PARIS.
B. RENAULT, ÉDITEUR.
1845.

MYSTÈRES DE PARIS.

LE RIDEAU LEVÉ

SUR

LES MYSTÈRES

DE PARIS,

PUBLIÉS

PAR ADOLPHE DE LIANCOURT.

—

TOME PREMIER.

PARIS.

B. RENAULT, ÉDITEUR.

—

1845.

Paris. — Imp. de Pommeret et Guénot, 2, rue Mignon.

MYSTÈRES DE PARIS.

LES CAMPAGNARDS DE PARIS.

Paris, l'immense ville, tant de fois décrit, renferme encore dans son sein bien des mystères, bien des individualités cachées, bien des originaux connus seulement du petit nombre.

Si l'on vous dit, par exemple, que vous trouverez dans nos murs toute une colonie agricole, toute une petite nation de colons et de planteurs, exerçant non sur leur fenêtre, non entre quatre murailles, mais cultivant en commun la terre, la véritable *terre*, de leurs propres mains, pour se reposer et se distraire de leurs occupations journalières, ratissant et grattant, semant et sarclant (toujours pour se reposer), et enfin récoltant, à la sueur de leur front, les plus modestes végétaux et emportant le tout dans de lourds *cabas* au centre de la ville, vous trouverez cela fabuleux; vous dou-

terez qu'on se livre à la culture des biens de la terre dans cette cité où cinq étages se trouvent régulièrement empilés; rien n'est cependant plus vrai.

Non loin du Luxembourg, qui cache sous ses ombrages tant de soldats, tant de prisons, tant de juges, à l'extrémité du triste faubourg Saint-Jacques, une ruelle qui porte le nom symbolique de *rue Campagne première*, conduit à cette terre promise.

Là un petit village se développe tout entier sous vos regards, avec ses cottages couverts en chaume et entourés de vignes; ses petits champs cultivés, ses haies verdoyantes qui rappellent les clôtures multipliées du Bocage; au-dessus

se penchent avec curiosité les grandes têtes jaunes de quelques soleils en fleurs. Que manque-t-il à ce village?

Les indigènes se livrent ici à une sorte d'idolâtrie ; ils ne s'agenouillent pas, il est vrai, ni devant la lune, ni devant les oignons si vénérés des Egyptiens, ils adorent l'*Eau*. L'eau

est l'objet constant de tous leurs vœux, de tout leur amour. Si on se rencontre ici le long d'une haie, on ne se demande pas : *Comment vous portez-vous?* mais *comment arrosez-vous*?

Ces bonnes gens sont de véritables paysans; ils défrichent un champ d'asile : un immense horizon, un océan sans fin les sépare de la mère-patrie. Ne dites pas à celui-ci qu'il est bonnetier, à celui-là qu'il est employé; ne rappelez pas à l'un qu'il faut qu'il soit réintégré ce soir dans ses pénates de la rue aux Ours, et qu'il ouvrira sa boutique demain de bonne heure; ne dites pas à l'autre qu'il sera demain assis devant son bureau, et qu'il monte la garde après-demain, vous leur feriez trop de peine.

S'ils ont un invité à dîner (que Dieu le garde!), la maîtresse du logis lui dit d'un air qui cache mal sa satisfaction : « *Dame! Monsieur, c'est de la soupe de paysan, ça ne vaut pas celle de votre Paris.* »

L'EXPOSITION DU LOUVRE.

Paris possède en ce moment treize hommes heureux comme le bonheur, plus heureux même. Ces treize hommes sont des Messieurs assez laids, dont les enfants ne sont pas fort beaux; il y en a même qui ont atteint la perfection du laid idéal.

Ils ne sont pas tous voltigeurs nationaux, soit qu'ils aient été réformés la plupart par mesure d'alignement, soit qu'ils logent en garni, soit qu'ils ne logent pas du tout.

Ils se sont rendus chez des peintres en décors et leur ont commandé leur portrait. Le peintre les a fait asseoir, leur a prêté un habit bleu, les a décorés et les a peints comme des enseignes de la rue Mouffetard.

Chez le beau sexe, la laideur est un crime, et chez le nôtre aussi, qui pourtant n'est pas obligé d'être beau. Mais l'homme, convaincu du crime de la laideur idéale, peut encore remplir honorablement tous ses devoirs de citoyen qui se trouvent compatibles avec sa laideur. Il

peut être voltigeur national, maire et même député. La Chambre est pleine de membres

qui auraient été noyés en naissant à Lacédémone, où il était défendu d'être laid, sous peine de mort. Pourtant, on ne doit pas abuser, à Paris, de la tolérance que la loi accorde. Un bourgeois laid doit garder sa laideur pour lui,

pour sa femme, pour ses amis, et ne jamais la faire tirer à double exemplaire pour l'exposer au Louvre en mars et en avril. Là, le crime devient inexcusable et demande répression.

Il est permis à un honnête rentier de s'abuser sur le compte de sa laideur, tant qu'il ne l'a aperçue que devant un miroir. Le miroir peut mentir, cela s'est vu; mais aussitôt qu'une toile, coloriée d'ocre et de sanguine, représente à ce rentier un visage qui est le sien, qu'un peintre avait

intérêt à flatter, et qui pourtant, malgré toutes les concessions d'un pinceau salarié, s'obstine à demeurer dans un laid fabuleux et cyclopéen ; oh ! alors la société ne doit pas avoir assez de repoussoirs et de serge verte pour ensevelir sous le boisseau ces ingratitudes physiques, et les dérober aux regards des dames qui se mettent sous la protection de Lucine à l'approche du printemps.

Il est incroyable le nombre de petits enfants laids qui vagissent dans les rues de Paris, depuis que le salon se renouvelle tous les ans avec sa

pluie de portraits. Nous allons voir arriver une génération de Polyphèmes. L'autre jour, un enfant est né avec des lunettes et en ourson de volti-

geur. M. Geoffroy-Saint-Hilaire a fait son rapport là-dessus.

A Lacédémone, que je citais plus haut, on n'exposait que de beaux enfants, de beaux jeunes hommes, de belles jeunes femmes. Il était défendu d'avoir chez soi une statue de Vulcain. Vulcain fut chassé du ciel pour cause de laideur; Esope fut mis à mort à Delphes pour le même motif. Aussi tous les hommes étaient beaux en Grèce, et les femmes aussi ravissantes, que les dieux étaient obligés de venir se marier sur la terre, à l'état civil de Sparte et de Délos. Il n'y avait point de voltigeurs chez les Grecs.

A Paris, les choses sont établies en sens contraire ; ne nous étonnons point si la laideur court les rues. Il y a une épidémie de nez crochus que les salons du Louvre propagent avec une rapidité extraordinaire. Nous recommandons au jury futur d'avoir les yeux ouverts sur les portraits des pères de famille qui tiennent trois enfants sur deux genoux,

et deux rentiers qui portent des lunettes d'écaille. Tâchons d'arrêter le mal dans sa source. Il vaut mieux accueillir un mauvais paysage de moutons au pré salé, qu'un bon portrait à laid visage. Les moutons ne portent tort à personne, mais la laideur humaine abrutit les générations. Les femmes sont filles d'Eve ; elles imitent volontiers ce qu'elles voient.

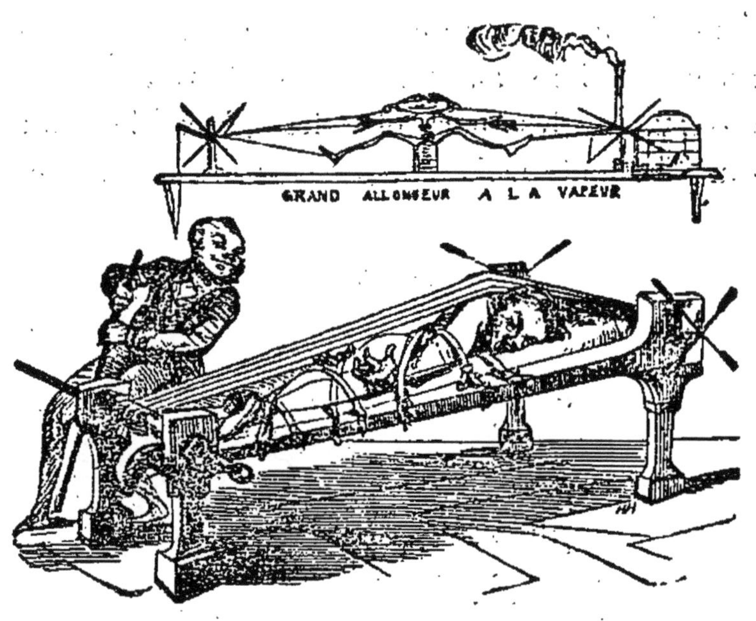

L'ORTHOPÉDIE.

Il y a un demi-siècle que des jeunes infortunées, condamnées dès leur naissance pour leurs difformités à s'éloigner presque honteuses d'un cercle social, exhalaient dans l'agonie des plus longues souffrances leurs reproches à la vie et leurs tristes adieux à l'espoir. Mais alors les encouragements de la philosophie inspiraient un généreux élan à la science orthopédique ; toutefois, pour aborder une tâche si importante, il fallut que l'homme qui en avait calculé le premier la nécessité se dépouillât de toute espèce de crainte en présence des premiers résultats qu'il voulait obtenir.

L'orthopédie fut longtemps entourée de craintes et d'incertitude; cette science n'avait point de notions précises, de règles sûres, de méthode rationnelle. Il lui fallait faire un pas immense pour être positive, pour donner des garanties à l'humanité, pour offrir des preuves irrécusables de son efficacité.

Ces lits à extension parallèle ou longitudinale employaient de grands efforts pour produire peu de résultats. Depuis vingt ans on cherchait à apporter dans leur confection quelques modifications qui, loin de justifier leur emploi, en s'attachant aux mêmes principes, ne produisent encore aujourd'hui que les mêmes solutions.

En persévérant dans cette méthode, les hommes voués à la science orthopédique arrêtaient ainsi ses progrès; heureusement que notre époque ne fait aujourd'hui de concessions qu'aux expériences qui offrent des cautions positives à l'avenir. C'est ainsi qu'on a reconnu l'inutilité de l'usage des béquilles et des autres moyens qui n'ont apporté en leur faveur aucune justification authentique. On a substitué aux systèmes anciens des procédés nouveaux dont les plus savants médecins reconnurent l'efficacité. Plusieurs espèces d'appareils, sans offrir les inconvénients des lits à extension, forment ensemble un système rationnel de traitement pour tous les besoins de difformités latérales. On emploie habilement la gymnastique pour les uns, la mécanique pour les autres, puis enfin, la gymnastique, la mécanique, la chirurgie et la médecine proprement dite à la fois.

Un certain nombre de difformités sont susceptibles de guérir radicalement sans laisser aucune trace de l'état anormal ; mais toutes sont loin de guérir indistinctement et avec la même facilité. Pour corriger instantanément des défectuosités si graves du corps humain, il faudrait être magicien, et ce n'est plus au dix-neuvième siècle qu'on convertit l'incrédulité par le miracle. Nous laissons aux bonnes femmes les amulettes et les prodiges révélés par l'attouchement des cendres saintes, et même par le magnétisme et l'homéopathie ; pour nous, l'expérience est un juge qui ne saurait être corrompu par l'erreur. Encore quelques efforts de science, et l'erteur sera un monstre des vieux contes d'autrefois.

LE JUGE D'INSTRUCTION.

Le cabinet du juge d'instruction n'a pas été construit d'après le principe de nos salles d'audience, pour frapper de terreur le coupable, ou ceux à qui il pourrait jamais prendre envie de le devenir; c'est une simple chambre à cheminée, auprès de laquelle il est tel pauvre diable, qui éprouve, pour la première fois, un bien-être qui lui fait perdre de vue la gravité de sa culpabilité. Un petit bureau pour le greffier, un plus large et couvert de dossiers, de

livres et de paperasses, pour M. le juge; et puis, par terre et dans la poussière, des liasses,

des livres, des épées, des bâtons noueux, des coiffes déchirées, des feutres défoncés, des casques bosselés et sans panache, des souliers

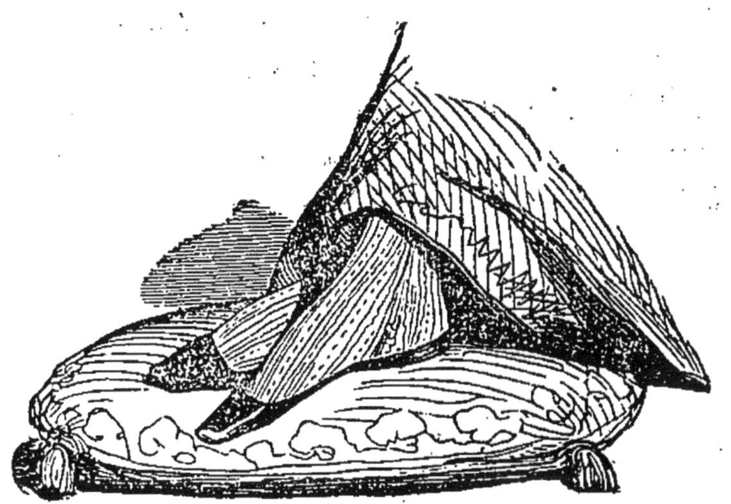

de jeune fille à côté de gros souliers ferrés, des amas de socques et de sabots, des paquets de

fausses clefs ou rossignols, des *monseigneurs* de fer qui sont, entre les mains des voleurs, la clef des fenêtres et des devantures de boutiques; des chiffons et des cordons ensanglantés, des couteaux et poignards rougis par une rouille luisante; des haches et des merlins; des marmites et des chaudrons noirs au fond et gris à la surface, des cannes et parapluies, etc.,

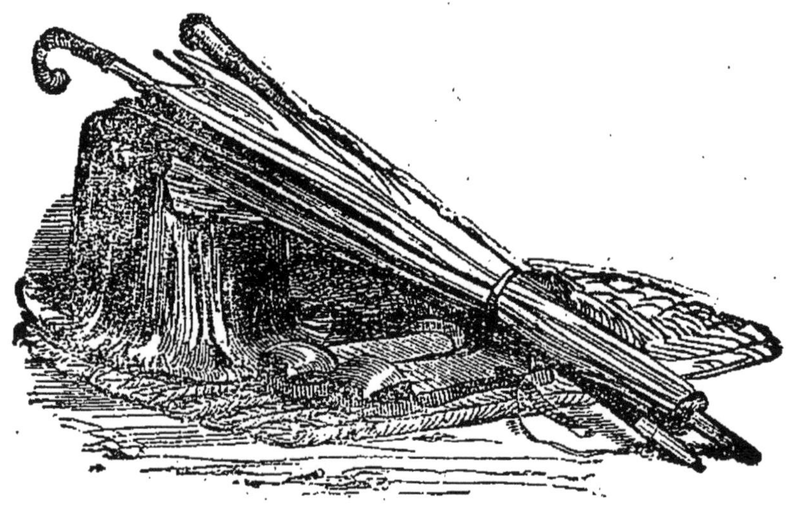

enfin une foule d'objets divers chiffonnés et sans nom emmêlés tous ensemble, de manière à donner, à tout cet informe attirail, l'aspect d'une friperie, qui se vendrait au plus offrant, par autorité de justice, et après décès par assassinat.

Il ne faudrait pas croire que le greffier ne

soit qu'un porte-plume, qu'un plumitif mécanique, qu'un automate écrivain; on ne le croirait pas autre chose, à n'en juger que par son dos voûté, ses hanches développées, sa figure rebondie, ses gros yeux qui se tournent à chaque fois du côté de l'oreille qui écoute,

pour retomber sur le papier et faire marcher la plume de quelques mots de plus. Le greffier n'est que cela en présence de l'inculpé; mais devant la loi sa signature est la moitié de celle du juge; et en tête à tête avec son juge, il reprend son rôle d'observateur; il a recueilli tous les documents physionomiques qui ont échappé à la sagacité de son chef; une larme avortée dans l'angle de l'œil qui n'était pas en perspective pour le magistrat, une main qui se crispait contre le dossier de la chaise, et cherchait à rentrer dans la poche de l'habit afin d'y ensevelir un secret.

Lorsque l'inculpé est ramené à l'instruction, avant d'avoir mis le pied sur le seuil de sa prison, qu'on le rappelle dans la salle des Pas-Perdus, et que le juge lui dit : « J'avais oublié

une circonstance; » cela ne signifie qu'une seule chose : Mon greffier a remarqué. En un mot, un bon greffier est à un habile juge d'instruction, ce qu'un bon ouvrier est à un habile artiste; les vrais connaisseurs reconnaissent les deux à l'ouvrage.

Quant au juge d'instruction lui-même, il ne

doit être ni petit, ni fluet, ni maigre, ni pâle, ni pensif, ni trop grave, ni trop turbulent ; il rencontrerait autrement des accusés qui, sous ce rapport, auraient une supériorité marquée sur leur juge. Il faut que par sa taille élevée, par sa carrure athlétique, il impose à la matière

qu'on lui amène, et qu'il lui dise en quelque sorte, par le langage de ses muscles : Sans ton gendarme, tu ne me ferais pas plus de peur. S'il était colère, il serait moins rusé que certains inculpés ; s'il était bavard et pédant, il serait moins habile à faire parler; s'il avait le ton rogue et hargneux, il inspirerait moins de confiance et d'abandon. Une instruction variée et qui ait pénétré dans tous les détails, lesquels peuvent compromettre une profession avec la justice; une bonhomie apparente et qui cache avec soin un grand talent d'investigation; une conversation aisée et qui trahisse peu la pensée et encore moins le soupçon; de la grâce et de la souplesse dans les manières; de la gravité dans le maintien; de la réserve dans les paroles; une fidélité toute scrupuleuse dans la mémoire qui dicte; une fidélité toute mystérieuse dans la mémoire qui confronte et prépare l'interrogatoire suivant; une impassibilité de prosecteur d'amphithéâtre, qui ne voit dans une larme de sang, dans un soupir étouffé, dans une convulsion tétanique, que tout autant de circonstances dont l'autopsie donnera l'explication : l'homme du monde en affaires, le diplomate en mission secrète et confidentielle, l'inquisiteur enfin, moins le droit de mettre les membres à la torture; tel est, en peu de mots, le juge d'instruction.

LA COUR D'ASSISES.

La foule se presse aux abords de la salle et dans l'enceinte destinée à l'auditoire ; il s'agit de voir un chef de voleurs, de l'entendre condamner à la peine de mort peut-être. C'est tout un drame, à la représentation duquel on va assister sans bourse délier.

— Poulard, dit le président en s'adressant à l'accusé, vous savez quels sont les faits que l'on vous impute; dites-nous comme cela s'est passé.

— Mon Dieu, président, ça s'est passé tout tranquillement..... J'étais avec ma maîtresse, une brave femme, allez! qui a quitté son mari et ses enfants pour me suivre. Nous gagnons la province, vu que la rousse (la police) nous

cherchait noise; mais comme, d'un autre côté, les faces nous manquaient, et que ces canailles d'aubergistes ne donnent rien pour rien, nous ne mangions guère et nous couchions assez ordinairement dans la compagnie des rats.

Si vous trouvez la chose plaisante, vous êtes dans une erreur profonde ; mais je la trouvais fort désagréable, au point qu'il me prit un jour l'envie de me serrer quelque peu le nœud de la gorge, en vue de passer dans un monde meilleur ; mais, ayant vu en songe un individu qui s'était passé cette fantaisie à l'aide d'une corde neuve et d'un nœud coulant, je trouvai qu'il faisait une si laide grimace que je fus tout d'un coup dégoûté de la chose. Je songeai alors à la question des emprunts forcés afin de rétablir l'équilibre, et je profitai de l'ab-

sence d'un richard pour faire à son domicile une visite intéressée.

Ça m'avait assez bien réussi ; mais un grand benêt, qui m'avait vu entrer les mains vides et sortir les mains pleines, se mit à crier au voleur comme un enragé. D'autres imbéciles, que ça ne regardait pas du tout, se mettent à ma

poursuite ; je joue des jambes et gagne au large. Ensuite je change de pelure, et, voulant me lancer dans la haute pègre, je prie ma particu-

lière de tourner à gauche, tandis que je tourne

à droite, à cette fin de ne pas nous rencontrer.

Alors je recrute une escouade de lapins un peu

soignés ; je m'intitule leur capitaine ; nous fai-

sons des affaires superbes, et je mène une vie de pacha à plusieurs queues.

Mais la rousse m'en voulait, et elle a si bien travaillé, que j'ai été paumé marron (pris en flagrant délit), et ramené de brigade en brigade.

Maintenant que vous savez tout, mon avocat va vous dire le reste.

Ici maître Bêlant se lève, et après avoir parlé de tout, et de beaucoup d'autres choses, excepté de l'affaire de son client, il déclare s'en rapporter à la sagesse du jury.

M. le président fait ensuite son résumé toujours aussi clair qu'impartial, selon la Gazette des Tribunaux ; puis messieurs les

jurés, gens naturellement très-éclairés, se

retirent dans la chambre de leurs délibérations. Ils en sortent une heure après, et déclarent l'accusé coupable des plus abominables forfait, lesquels pourtant sont environnés de circonstances éminemment atténuantes. En conséquence, la cour condamne Poulard aux travaux forcés et à perpétuité. Poulard prétend que cette perpétuité-là doit durer deux ans, et il attend que le moment soit venu de prouver qu'il a raison.

LES AMOURS DU DIMANCHE.

Le septième jour a un parfum de galanterie qui lui est particulier.

Ce n'est plus, comme les jours ordinaires, le privilége et le luxe de quelques-uns. Les saluts aux promenades, les surprises au bois, les œillades au théâtre, les doux et charmants mystères, les rendez-vous, les visites, les billets ambrés, et le roman de la vie du monde sont de tous les instants pour les heureux du siècle.

Aux autres amours un seul jour par semaine.

C'est le dimanche.

Lorsque vient à luire ce jour d'allégresse: avec quels transports ils courent l'un vers l'autre, ces serfs de la civilisation que le travail a séparés de toute joie pendant six jours, et dont tous les cœurs battaient du même mouvement, et s'élançaient tous ensemble vers la septième journée !

C'est plaisir de voir rayonner ces visages.

C'est aux barrières qu'il faut voir naître les amours du dimanche ! Détournez vos regards de la sale débauche qui remplit de honte et de tumulte les cabarets qui bordent

le chemin; fermez l'oreille aux épouvantables clameurs qui souillent l'air qu'elles agitent; éloignez-vous des danses immondes qui se tordent dans les plus hideuses convulsions. Mais, dans cette fange, auprès de cet amas d'immondices, voyez ces frais et gracieux visages, suivez ces yeux dont le langage est si tendre et si expressif, voyez ces mains qui se cherchent toujours, sans jamais pouvoir se quitter; arrêtez vos yeux sur cette félicité si pure qui traverse la lie et

la boue sans être ni salie, ni atteinte, et vous comprendrez cette volupté qui résume dans quelques heures, les vœux, les craintes, les espérances, les émotions de toute une semaine.

C'est l'ouvrier avec son amie.

Quelquefois, c'est sous la vigilance des parents que se forme l'intimité, alors rien n'égale

la naïve candeur des chastes amours ; mais, lorsque jetés sans guide et sans appui loin de toute affection, deux êtres se sont réunis, seuls dans la foule qui les oublie, ils sont tout l'un pour l'autre, et ce jour qu'il se consacrent tout entier, est pour eux rempli d'ineffables délices.

Ce jour-là, ils sont riches, fortunés, libres

urtout ; leur amour les rend maîtres de tout ce qui les entoure ; tantôt, c'est par de molles rêveries, tantôt, c'est par le plus joyeux délire qu'ils laissent éclater leur bonheur.

Plus loin, au milieu de cette famille parée de ses beaux vêtements, remarquez ces deux jeunes gens silencieux et pensifs ; c'est seulement le dimanche que leurs yeux peuvens

parler de leur amour, se promettre leur foi et préparer leur union.

Ailleurs, il y a plus de franchise et de gaîté; ce sont deux fiancés qui jusqu'au jour du mariage ne se verront que le dimanche.

Sur un autre plan, nous trouvons le commis et la grisette; au départ ils sont graves et

gourmés; leur toilette les embarrasse, ils sont empêtrés dans les airs de lion et de dame qu'ils ont voulu prendre, mais bientôt ils s'affranchiront de ces entraves.

En été, on va invariablement à la campagne; les voyages en chemin de fer les courses

dans la forêt, les rires sur la pelouse le dîne

sous les arbres, et le soir, le danse au bal champêtre : ce sont d'invariables plaisirs ; depuis le lundi jusqu'au samedi, la grisettte cherche vainement à changer quelque chose à ce programme immuable.

C'est dans ces heures d'opulence que le clerc de notaire ou le fils de famille aux appointements duquel vient se joindre une subvention de la famille, prennent en pitié du haut de leurs cavalcades ceux qui soupirent étendus sous les hêtres, buvant du lait et chantant des romances

L'hiver n'a point de glace pour les amours de dimanche.

Les ouvriers quittent le cabaret pour leur chambrette ; les familles réunissent leurs enfants, les petits jeux innocents et les petits bals favorisent les rapprochements. Le commis et la grisette, le clerc de notaire et sa belle maîtresse vont bravemen s'asseoir chez le traiteur, se disputer les cabinets particuliers et commander d'une voix haute et superbe l'omelette soufflée et la demi-bouteille de vin de Champagne.

Le spectacle achève l'œuvre de cette soirée, laisse dans la mémoire des souvenirs, des airs et des couplets pour toute la semaine.

La nuit approche, les amours du dimanche la saluent et sentent redoubler leurs flammes ; toute timidité a disparu, ceux qui le matin osaient à peine échanger des regards échan-

gent maintenant des baisers où se révèle l'ivresse des sens.

L'étudiant et la lorrette qui ont erré toute la journée sans amour fixe, sans dessein, en confiant au hasard le soin de leurs plaisirs, cèdent aux instincts qui les rapprochent et laissent à une contredanse la responsabilité de l'avenir.

Les grands parents eux-mêmes, que le repas a déridés, se provoquent sur des propos ; on voit luire au front des vieillards des éclairs de jeunesse.

Lorsque le silence s'étend sur la ville, l'heureuse population du dimanche savoure des voluptés d'autant plus vives et d'autant plus réelles, qu'elles sont pour elle plus rares et plus désirées. Les paroles du Dieu créateur s'accomplissent, et c'est ainsi que le dimanche est le véritable jour du Seigneur.

LA PRISON POUR DETTES.

M. Jules était un de ces lions de province qui aspirent à la vie parisienne. Son père, membre honorable de la magistrature, nourrissait l'espérance de voir son fils lui succéder; en conséquence, il l'envoya faire son droit à Paris, et lui donna une lettre de recommandation pour l'un de ses plus anciens amis. L'ami accueillit M. Jules et lui donna d'excellents conseils. M. Jules eut d'abord l'air d'écouter, puis il leva les épaules en signe de pitié, et il tourna les talons.

— Ces vieilles ganaches sont insupportables,

se dit M. Jules ; il semble à les entendre que

tous les hommes naissent septuagénaires. Je sens en moi une exubérance de vie, et, sacrédié, je veux vivre !

Le soir même M. Jules était à l'Opéra; deux jours après, il admirait une danseuse de la Gaîté, et le soir même il soupait avec la sylphide au Cadran Bleu.

Au bout de quinze jours, le jeune lion avait tout à fait pris le ton et les manières parisiennes; sa bourse était vide, mais il avait fait la connaissance d'un honnête usurier, qu'on appelait à juste titre la Providence des fils de famille. C'était un brave israëlite très-sale, un peu puant; mais très riche en ressources.

— Pon! pon! dit-il à M. Jules après un entretien de quelques instants, ché gombrendes,

ché gombrendes; ché à foir bas peaucoup de l'archent; mais ché à foir tes faleurs, peaucoup de faleurs! Ché fais vous faire un bédit portereau.

Et il écrivit :

Blocs de marbre brut. . . .	60,000 fr.
Souricières en bois.	11,000
Cannes en fer.	6,000
Espèces.	3,000
Total. . . .	80,000 fr.

Jules souscrivit en blanc 80,000 francs d'acceptations. Mais les blocs de marbre restèrent dans la carrière; les souricières produisirent 300 fr., les cannes 500 fr.; ce qui joint aux espèces, faisait un peu moins de 4,000 fr. Cette belle opération fut renouvelée au bout de deux mois, puis les lettres de change arrivèrent à écheance; mais alors M. Jules était totalement depourvu d'argent. En conséquence, les huissiers furent mis en campagne, et après toutes les formalités voulues, M. Jules fut, un

beau matin, appréhendé au corps par un honnête garde du commerce qui le conduisit à la prison pour dettes.

Heureusement, cette prison est un véritable

palais où l'on trouve toutes les douceurs de la vie : café, restaurant, bains, cabinets de lec-

ture, bons et joyeux compagnons, jardin immense, bon air, soleil en tout temps. Pourtant tout d'abord, Jules fut attristé par l'aspect de la grille d'entrée et des gendarmes qui le conduisirent à sa cellule; la première nuit qu'il passa en ce lieu fut horrible : il vit en rêve les tableaux les plus hideux; les huissiers, les avocats les juges, les gendarmes; mais cela ne

pouvait pas durer, et dès le lendemain, la joie revint au cœur du prisonnier. D'abord en s'éveillant il fut agréablement surpris de voir le soleil frappant sur les vitres de sa fenêtre. Il poussa la porte de sa chambre, et son étonnement augmenta en la trouvant ouverte. Dès lors, il marcha de surprise en surprise. C'est qu'en effet c'est une singulière prison que celle de la rue de Clichy.

Cette prison-modèle, véritable Éden, d'où l'on ne voudrait plus sortir dès qu'on y est entré, possède un immense jardin où l'eau, les fleurs, le gazon, ne laissent au sable que l'espace nécessaire pour les promenades et les jeux

des détenus, et où les femmes abondent dans la belle saison ; et puis enfin, il y a là de l'air pur en abondance, du soleil en toute saison et une vue admirable sur tous ses points.

— Sacredié ! se dit M. Jules en fumant

son cigare sur un banc de gazon, ces animaux de créanciers sont encore un peu plus bêtes que je ne l'imaginais... Comment, diable, mes drôles n'avez-vous trouvé rien de mieux pour vous faire payer que de loger vos créanciers dans un paradis terrestre ! Vous êtes absurdes, ma parole d'honneur.

M. Jules fut interrompu dans ses réflexions par un de ses compagnons d'infortune qui, s'arrêtant devant lui, lui dit :

— Mon cher camarade, j'espère que

vous ne ferez pas la sottise de vous ennuyer ici. Quand à moi, je me trouve très-heureux d'être sous clé, car étant libre, je ne pourrais vivre sans me ruiner. Toujours le même vin et jamais la même femme, telle est ma devise, et je n'y ai jamais manqué depuis trois ans que je suis ici.... Il est vrai pourtant qu'autrefois cela était encore mieux : par exemple, l'un de mes amis, fils 'un pair de France, détenu ici avec moi, s'avisa, après boire, d'écrire au préfet de police : « *Monsieur le préfet, je vous prie d'autoriser la nommée Rosalie, fille publique, dont j'ai besoin, à me venir voir à la prison de Clichy.* » La permission fut accordée sans difficulté (historique).... Ah! c'était le bon temps! l'entrée de la maison était permise à toutes les jolies filles, lesquelles allaient de chambre en chambre offrir des consolations, et je puis vous garantir qu'elles en sortaient presque toujours la

bourse pleine, de vide qu'elle était en entrant Il est vrai qu'en retour, ces visites étaient presque toujours suivies de celles de médecins, et je me rappelle même avoir eu une convalescence assez longue après cette succession de visites différentes; mais tout cela a disparu, et si voulez prendre votre part du déjeuner que l'on prépare maintenant par mon ordre, vous aurez un avant goût des plaisirs qui vous attendent ici.

Jules accepta sans hésiter; car déjà la première impression produite sur lui par la grille et les verrous avait disparu, et il alla prendre place au milieu des plus joyeux convives qu'il rencontra de sa vie.

Cela durait depuis deux mois, lorsqu'un jour M. Jules reçut la visite de son créancier.

— Eh bien ! mon cher monsieur, lui dit ce dernier, vous êtes donc toujours dans l'impossibilité de vous libérer ?

— Mon cher maître, répondit gracieusement Jules, je le pourrais que je ne le ferais pas. Je vous suis en vérité fort reconnaissant de m'avoir placé dans un aussi agréable séjour.

— Mais vous ignorez donc que cela me coûte trente francs par mois ?

— Rien que trente francs?... c'est pour rien, parole d'honneur!... Si le bail était expiré, je me ferais un véritable plaisir de le renouveler.

— C'est abominable !

— Du tout, c'est charmant.

— Mais, j'y mettrai bon ordre, je lèverai votre écrou !

— Comment vous auriez la cruauté...

— Dans une heure, vous serez libre...

— Si vous le voulez absolument.

— Oui, vous serez libre, et vous mourrez de faim sur le pavé de Paris ; c'est une vengeance tout comme une autre.

Cette vengeance manqua encore au créancier ; car à peine libre, Jules s'empressa de monter en diligence pour retourner en Bourgogne, où il arriva à point nommé pour hé-

riter d'un sien oncle qui lui laissait cinquante mille francs en espèces. Jules muni de ce viatique s'embarqua pour les États Unis d'Amérique, où il est devenu millionnaire.

Il y a des gens qui prétendent qu'il ne l'a pas volé.

LES PLAISIRS DE LA CAPITALE.

Le 1er janvier 1337, dans le coupé de l'une des diligences de Laffite et Caillard, un voyageur, enveloppé d'un carrick vert à triple collet, la tête affublée d'une large casquette grise, le nez surmonté de bésicles d'argent, allongeait son cou hors de la portière, ouvrant de grands yeux avec cette curiosité de regards naturelle à un homme qui vient à Paris pour la première fois. Ce voyageur n'était autre qu'un honnête provincial qui parvenu à sa quarantième année, n'avait pas encore quitté Carpentras,

sa ville natale, où il vivait riche avec une modeste fortune, célibataire, et par conséquent tranquille dans son ménage courtisé par tout le monde, même par les autorités, attendu qu'il formait un des cent quatre-vingt mille petits ressorts votants de notre grande machine représentative, aussi le sous-préfet ne manquait pas de l'inviter à dîner, surtout à l'approche des élections. Du reste, M. Godard (c'était son nom). doué de toutes les qualités du bon citoyen, n'avait pas attendu la nouvelle loi pour

monter sa garde, et payait exactement ses

contributions. En outre, il possédait plusieurs talents agréables ; il était assez savant musicien pour exécuter un solo de clarinette dans un concert d'amateurs, et il avait assez de littérature pour composer des charades et méditer des impromptus auxquels

le journal du département octroyait les honneurs de l'impression à la suite d'un article sur la culture des betteraves ou sur le droit d'entrée des bestiaux. Arbitre des modes, souverain juge des arts, oracle de la politique, il était, en dépit du proverbe, *prophète en son pays*. Cependant, comme on ne s'estime jamais aussi heureux qu'on l'est réellement, il se figura qu'il existait dans le million d'habitants que renferme Paris, plus d'éléments de jouissance que parmi les dix mille ames de Carpentras, En conséquence de cette règle d'arithmétique appliquée à sa théorie sur le bonheur, il résolut un voyage à Paris. Ce fut, on le devine aisément, une affliction, une consternation, une désolation universelle, lorsque l'inexorable messagerie emporta le cher M. Godard, qui répondit par quelques larmes à des témoignages d'attachement si mérités. La distraction de la route ranima bientôt toute sa gaîté. A chaque relai, il s'applaudissait de s'approcher d'une ville que son admiration anticipée appelait le paradis de la France et du monde.

Ce paradis, il y entra par la barrière d'Enfer. Après avoir traversé de longues rues mal pavées et boueuses, car il pleuvait beaucoup, il débarqua dans la cour des Messageries, et là il servit de proie à une armée de commissionnaires qui se mirent à le tirailler par tous les pans de son carrik, en lui proposant de le conduire chacun dans un hôtel. Pour se débarrasser de ce genre d'hospitalité un peu brutale, il déclara qu'il allait loger dans une maison particulière. En effet, un de ses amis d'enfance, M. Rigaud, habitait Paris, où il exerçait l'état de banquier. M. Godard, qui s'était bien gardé

de lui écrire son arrivée, se faisait une joie de le surprendre.

Le vieux commissionnaire qu'il choisit pour le conduire à la Chaussée-d'Antin, au domicile de M. Rigaud, le trimballa malicieusement, malgré la pluie battante, par un labyrinthe de rues et de passages qu'il allongea exprès, afin de gagner un salaire proportionné à l'étendue de la course ; il demanda de plus des étrennes. M. Godard avait eu la maladresse d'arriver le 1er janvier : or ce jour-là et les huit

iours suivants, dans les cafés, spectacles et autres lieux publics, il fut contraint de distribuer généreusement les gratifications des services qu'on était censé lui avoir prêtés dans tout le cours de l'année; à Paris, on est souvent obligé de rendre la monnaie de l'argent qu'on n'a pas reçu.

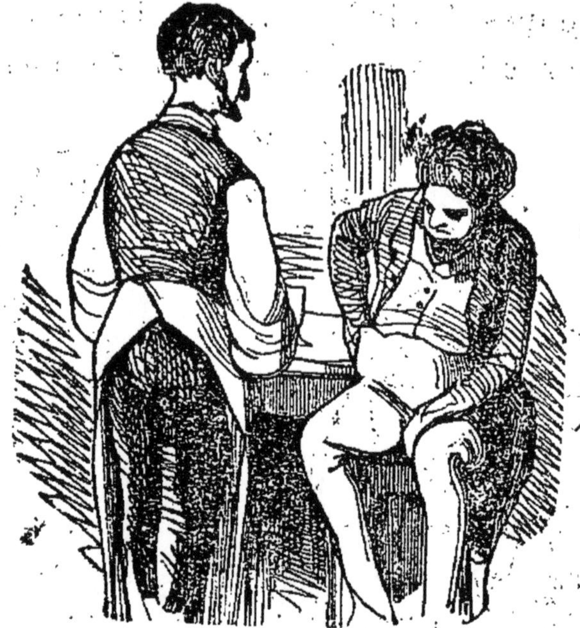

Le concierge de M. Rigaud, à l'aspect d'un

inconnu mouillé et crotté de pied en cap, voulut d'abord lui fermer la porte de l'hôtel. Après s'être longtemps débattu contre les domestiques, il pénétra jusqu'au salon, où le maître de la maison l'accueillit avec un étonnement mêlé d'embarras, occupé qu'il était à recevoir quelques visites. La brusque apparition, le grotesque accoutrement du voyageur de Carpentras, blessèrent un peu la vanité du banquier parisien. M. Godard commença par le complimenter sur la beauté et l'esprit de sa fille, qu'il appelait sa demoiselle; puis il lui

annonça qu'il venait, sans façon, s'établir chez

un ancien ami. M. Rigaud, qui ne s'attendait guère à une telle familiarité, répondit qu'il était désolé de ne pouvoir le loger ; mais il lui indiqua un charmant hôtel garni, l'hôtel de la Galère, qui ne justifiait que trop son nom. Au lieu d'un appartement au premier étage, M. Godard n'obtint, au cinquième, qu'une chambre si étroite qu'il lui était impossible de hasarder un pas en avant ou en arrière.

A cinq heures et demie, talonné par la faim, il descendit prendre place à la table d'hôte ; en sa qualité de nouveau commensal, il eut le déplaisir de voir la grosse dame blonde qui en faisait les honneurs, gratifier ses habitués des morceaux les plus délicats et les plus copieux; elle ne songea à lui que pour réclamer le prix de son repas. Quant aux abonnés, ils avaient eu le double avantage de manger moitié plus et de payer moitié moins.

Après ce quasi-diner, mourant de fatigue de sommeil, il remonta dans sa chambre

Comme elle donnait sur une des rues les plus passagères des environs du Palais-Royal, toute la soirée et toute la nuit, le bruit des cochers de fiacre et le roulement des voitures étourdirent ses oreilles habituées au pacifique silence de sa petite ville. Il ne s'endormit que très tard ; en récompense, il fut réveillé de très bon matin par les cris des marchands qui circulaient déjà dans Paris.

A peine debout, il courut chez l'ami Rigaud, comptant l'avoir pour cicérone des beautés de la capitale. Le banquier s'excusa en alléguant ses occupations, et lui donna pour remplaçant le *Conducteur des etrangers*. M. Godard emporta, d'un air désappointé ce petit livre, qui lui signalait bien l'existence des

principales curiosités de Paris, mais ne lui enseignait pas les moyens les plus sûrs ni les plus prompts de les découvrir. De là que de méprises! que de pas, de temps perdus! Demandait-il son chemin, il craignait toujours qu'on ne se fît un malin plaisir de l'égarer. Piéton inexpérimenté, il avait peur d'être renversé par le choc de la foule, ou écrasé sous les roues

des cabriolets à la course et même des fiacres

à l'heure. Essayait-il de l'un de ces moyens de transport dont le nom promet la rapidité? Les Hirondelles ne volaient pas, et rien n'était plus paresseux que les Diligentes. A l'inconvénient de la lenteur se joignait celui d'arriver à l'antipode de l'endroit où il voulait se rendre, parce qu'il ignorait la direction exacte de tant de voitures. Un jour, croyant aller au cours d'un professeur de la Sorbonne, il débarqua au Jardin des Plantes, devant la Ménagerie. Une autre fois, il s'était mis en route pour la Gaîté, et l'Omnibus le conduisit tout droit au Père-Lachaise.

M. Godard n'avait pas le goût assez béotien pour ne pas admirer les beautés de l'Athènes de la France; mais il arriva ce qui arrive quand on voit trop et trop vite. Ainsi, au Musée, son attention se fatigua de contempler l'amas de tant de chefs-d'œuvre, et il ne lui resta dans le cerveau qu'une mosaïque d'idées confuses et de souvenirs incomplets. A la fin de sa visite, il ressentit un violent mal de tête; pour le dissiper, il imagina de monter à la Co

lonne de la place Vendôme. Las d'avoir tourné longtemps dans un escalier en spirale, il s'apprêtait à jouir d'un panorama dont on lui avait vanté la magnificence, lorsqu'il lui prit un étourdissement. Il était venu pour voir, et il ne vit rien.

Son envie de tout connaître pensa quelquefois lui devenir funeste, quoiqu'il ne fût pas très enthousiaste de nos modernes découvertes. Dans un établissement d'éclairage au gaz, il eut l'imprudence de toucher un ressort dont le dérangement produisit une violente explosion. Peu s'en fallut qu'il ne fût aveuglé par une invention si utile au progrès des lumières.

Les spectacles occupent une page importante dans les tablettes d'un provincial. M. Godard ne s'en fit pas faute. Mais tantôt on lui vendait un coupon de loge le double de sa valeur, en lui promettant une place au premier rang, et il était réduit à se poster derrière un chapeau de femme qui lui masquait toute la

scène. Tantôt amorcé par l'appât d'un billet à moitié prix, il était obligé d'y ajouter une si

forte dose de supplément, qu'il lui en eût coûté moins d'en prendre un au bureau. La bonté des acteurs ne le dédommageait pas toujours. Il entendit plus d'un ténor d'opéra comique, dont les débuts remontaient au sacre de l'empereur. Dans un petit théâtre, il trouva des pères nobles de douze ans, et, sur une grande scène, de jeune amoureux qui avaient la cinquantaine. Quant aux pièces, l'anarchie des genres scandalisait l'orthodoxie de ses doctrines classiques. Au Vaudeville, par exemple, il tomba sur un drame larmoyant ; il est vrai

qu'aux Français, la nouvelle comédie n'était qu'un vaudeville en cinq actes. Il y eut des ouvrages qu'il ne put voir assez, et d'autres qu'il vit trop. Une seule représentation des *Huguenots* suffisait-elle pour l'initier à tous les mystères d'une musique allemande?

Pour continuer son cours de spectacles, il se rendit aux deux chambres. Le Luxembourg

ne lui offrit pas l'agrément d'un procès politique. Au palais Bourbon, il subit une discussion sur les sucres, qui ne lui sembla pas aussi douce que son sujet. Un de ses voisins, qu'il pria de lui désigner les principaux membres, voyant bien, à son accent méridional, avec qui il avait affaire, se divertit à lui donner de faux renseignements ; il compromit un doctrinaire en le faisant passer pour un tiers parti, et il appliqua le nom d'un des fougueux champions de la jeune France à un légitimiste coiffé en

ailes de pigeons. M. Godard le remercia de sa complaisance à lui tracer une silhouette aussi exacte de nos grands personnages parlementaires.

Amateur des solennités littéraires, il se fit une fête d'assister à une réception académique. Malheureusement il se trouva relégué si loin du centre de la salle, qu'il ne put entendre une syllabe des deux discours, où il fût

question de tout excepté de littérature; car le défunt était un philosophe matérialiste, et son successeur un orateur politique. Déçu dans son espérance de voir l'Académie au grand complet, il lui fallut se contenter d'une demi-douzaine de quarante. Les plus célèbres brillaient par leur absence, et il lui sembla que ceux qui

étaient présents, mais qui n'avaient point endossé l'habit à palmes vertes, quoique demi-dieux, n'avaient rien qui les distinguât beaucoup du reste des mortels.

A cette matinée toute classique succéda une

soirée romantique où il vit la plupart de nos poètes à la mode, et cinq ou six femmes et demoiselles de lettres, dont chacune avait mérité

le surnom unique de dixième muse. Un petit jeune homme lut, d'une voix timide, plusieurs scènes d'un drame forcené ; le personnage le plus innocent y commettait un inceste, deux vols, trois empoisonnements et quelques autres menus crimes ; son ouvrage fut déclaré *palpitant d'actualité*. La plus surannée des six dixièmes muses psalmodia les yeux baissés et en s'efforçant de rougir, une élégie intime sur le besoin d'aimer. A chaque tirade, à chaque vers, à chaque hémistiche, l'auditoire ému trépignait d'enthousiasme et s'écriait : Sublime ! écrasant ! pyramidal ! fabuleux ! antédiluvien ! Dans l'intervalle des lectures, on servait des cigarres, complétement obligé d'une soirée fashionable. M. Godard n'était pas moins suffoqué par la fumée du tabac que par les bouffées de tant d'éloges.

Curieux d'étudier les mœurs, il entra dans les maisons de jeu, d'où il sortit la conscience légère sans doute, mais la bourse plus légère encore. L'amorce des ventes au rabais le séduisit, et il fit des emplètes qui lui coûtèrent peu, mais qui ne valaient pas même ce qu'elles coûtaient, tant il y a de bons marchés ruineux !

Plusieurs dames de son pays lui avaient confié la mission délicate de leur choisir des chapeaux dans le dernier goût ; il s'adressa de confiance à une modiste de la rue Vivienne, qui lui coula adroitement un vieux fonds de son magasin de nouveautés. Quelques-uns de ses compatriotes l'avaient chargé de solliciter pour eux ; on juge quel temps il perdit, soit à faire apostiller leurs pétitions par les députés, qu'il

dérangeait toujours, tandis que les éloquents orateurs apprenaient par cœur leurs improvisations du lendemain ; soit à attendre, dans les ministères, que les chefs de bureau eussent achevé de déjeûner ou de causer avec leurs amis.

Notre habitant de Carpentras aurait eu besoin d'un guide qui éclairât son inexpérience. Mais M. Rigaud n'avait presque pas le temps de le voir, d'autres intérêts lui faisaient involontairement oublier leur amitié d'enfance ; par égard pour sa femme et pour sa fille, qui trouvaient la conversation de M. Godard encore plus départementale que sa tournure, il ne l'invitait que les jours de grande réception, parce que la foule présente mille prétextes hon-

nêtes d'échapper aux gens qu'on est contraint de subir dans l'intimité. Isolé, dépaysé dans ces nombreuses assemblées, le pauvre M. Godard n'était pas moins mécontent des autres que de lui-même. Un jour, à un dîner de cérémonie, il fut placé ou incarcéré entre deux dames dont les manches à gigot avaient une dimension si volumineuse, que dans la peur de les froisser, privé de la libre jouissance de ses mains, il n'osait faire voyager le moindre morceau de son assiette à sa bouche. Pour comble de disgrâce, ses deux acolytes dialoguaient chacune avec son autre voisin. Le malheureux ne disait rien, ne mangeait rien.

M. Godard sentait chaque jour davantage qu'il y avait entre Paris et lui une incompatibilité d'humeur. Tout, jusqu'au climat, contribuait à l'attrister : au milieu des brouillards et des pluies des bords de la Seine, il regrettait le beau ciel du midi de la France. Dans l'espoir de rencontrer enfin le plaisir quelque part à force de le chercher partout, il aurait bien voulu avoir accès dans le grand monde. Si les ministres eussent été d'humeur à donner des fêtes, il aurait pu se faire engager par un des députés de son département; mais le ministère, peu solide sur ses jambes, ne dansait pas; il avait peur de sauter.

La maison Rigaud fut la seule où il assista à un grand bal. Les jeunes dames et plus jolies

demoiselles étant retenues pour toute la soirée, il se vit condamné à s'amuser d'office; la maîtresse de la maison lui imposa la corvée de mettre en mouvement le ban et l'arrière-ban des Terpsychores à la retraite; il se résigna, espérant du moins faire applaudir la vigueur de ses jarrets, qui lui avait valu les surnoms de l'Alexandre de la pirouette, du Napoléon de l'entrechat; mais il remarqua que son talent provoquait le dédaigneux sourire des danseurs qui marchaient. Auprès de ces danseurs émérites, il épuisait tous les lieux communs, et la conversation avec un pareil soutien ne pouvait que tomber. Alors sa pensée se reportait vers ces petites fêtes de la sous-préfecture de Carpentras, où les saillies de son esprit, la légèreté de ses pas lui attiraient tous les bravos, même ceux du conservateur des hypothèques et du procureur du Roi.

Après avoir tenu bon jusqu'à la fin, il eut la fantaisie d'achever sa nuit au bal de l'opéra. En entrant chez M. Rigaud, il avait déposé au vestiaire un habit tout neuf, comme il avait négligé de prendre le numéro d'usage, il ne

trouva à la place qu'une méchante redingote dont les nombreuses déchirures attestaient les longs serviees. Dupe de ces méprises presque toujours volontaires, il n'osa pas s'affubler d'une guenille qui aurait eu l'air d'un déguisement, et il préféra courir la chance de s'enrhumer, ce qui arriva, car la nuit était très froide.

Les plaisirs de l'opéra ne réussirent guère à le réchauffer. Poussé, repoussé par le flux et le reflux d'un océan de masques, il n'avait la

consolation d'être intrigué par aucun : triste et silencieux parmi tant de mouvement et de bruit, il s'en allait tristement, lorsqu'un grand domino rose, affectant une prononciation an-

glaise, le pria d'être son cavalier et se donna pour une lady de distinction. Voilà Godard qui s'enflamme; sa conversation s'anime comme le crescendo d'un quadrille; à mille paroles passionnées, il ajoute une invitation à souper. La complaisante inconnue accepte, et ne tarde point à administrer les preuves réitérées d'un appétit plus que féminin. Le galant français, orgueilleux d'enlever une si rare conquête aux dandys de la Grande-Bretagne, la conjura de lui laisser admirer son visage. La dame soulève son masque, et découvre au lieu des traits délicats d'une jeune lady, la mâle physionomie d'un gros gaillard à moustaches noires, qui se

félicitait, en riant aux éclats, d'avoir gagné le pari qu'il a fait de souper aux dépens d'un nouveau Pourceaugnac.

L'amphytrion mortifié, tout en débattant le prix de la carte à payer, demanda raison au mystificateur. On se rendit sur le terrain, et dès la première botte, M. Godard reçut un coup d'épée.

Notre infortuné provincial, en d'autres réunions publiques, paya souvent les frais de son noviciat. Un soir, à l'entrée du bal Musard, qui, par parenthèse, lui assourdit les oreilles par l'artillerie musicale de son orchestre, on lui vola dans la foule, avec une bourse assez

richement meublée, une montre pour laquelle il avait acheté, le matin même. une chaîne de sûreté. Un jour, un rassemblement qui cependant n'avait rien de séditieux, nécessita l'appel de la force armée. Un tranquille parisien se serait prudemment éloigné du théâtre de la bagarre; mais, lui, s'empressa d'y courir en

provincial avide de tout voir. Ballotté entre les émeutiers et les sergents de ville, d'un côté, il recut des coups de pierres, et de l'autre, des coups de grosses cannes ferrées, qui firent en même temps de la révolte et de l'ordre public sur son dos. Un pareil juste milieu n'était pas tenable. Heureusement l'émeute cessa. La police a pour principe traditionnel d'empoigner d'abord tout le monde; il fut donc arrêté, emprisonné et relâché seulement au bout de quarante-huit heures. Le juge d'instruction lui demanda pardon des méprises dont il avait été victime; mais le baume de ces politesses ne guérit pas les meurtrissures du pauvre blessé. La maladie régnante vint aggraver son mal; il attrapa la grippe, et n'eut pas pour dédommagement, comme chaque Parisien, les soins

précieux de la famille et de l'amitié. M. Rigaud, grippé lui-même, ne put venir le consoler. Mal logé, mal servi, presque abandonné dans un hôtel garni, durant tout le cours de sa maladie, qui se prolongea, malgré la rareté des visites du médécin, il eut le temps de se livrer à de tristes et utiles réflexions ; d'où il conclut que l'habitude étant un des principaux élé-

ments du bonheur, c'est folie, à quarante ans, de changer sa manière de vivre ; que les provinciaux ont été créés pour la province, comme les Parisiens pour Paris, et qu'enfin tout irait mieux dans le monde si, grands et petits, chacun se contentait de rester à sa place.

Résolu de faire ses adieux éternels à une ville où il avait payé si cher tant de désagréments, M. Godard quitta son hôtel de la Galère avec la joie d'un forçat libéré. De retour dans Carpentras, il continua d'y vivre toujours heureux. Si quelques-uns de ses amis manifestaient l'envie d'un voyage à Paris, il cherchait à les en dissuader par le récit de sa

mésaventure, et son histoire leur prouvait que pour un provincial, rien n'est souvent plus ennuyeux que les plaisirs de la capitale.

FIN DU TOME PREMIER.

Impr. de Pommeret et Guénot, 2, rue Mignon.